CUENTO
DE LUZ

FUNDACIÓN
COMETA

El autor cede los ingresos de su
obra a la Fundación Cometa.
www.fundacioncometa.org

El miedo de Iván

© 2013 del texto: Ariel Andrés Almada
© 2013 de las ilustraciones: Cha Coco
© 2013 Cuento de Luz, SL
Calle Claveles, 10 | Urb. Monteclaro | Pozuelo de Alarcón | 28223 | Madrid | España
www.cuentodeluz.com

ISBN: 978-84-15784-24-1

Impreso en China por Shanghai Chenxi Printing Co., Ltd., septiembre 2013, tirada número 1390-1

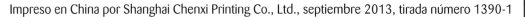

El miedo de Iván

Ariel Andrés Almada

Cha Coco

En la casa más pequeña del bosque más grande del país más antiguo vivía Iván con su familia. Cada mañana caminaba con su perro Tomi hasta el río, por las tardes ayudaba a su padre a recolectar la miel de las colmenas y por las noches, ya cansado, se sentaba en el jardín a mirar las estrellas. Aunque soñaba con vivir grandes aventuras y visitar lugares lejanos, Iván sabía que para él eso era imposible. Porque el secreto que Iván guardaba era que, desde pequeño, siempre había tenido mucho miedo a las cosas.

La primera vez que sintió temor fue cuando sus padres lo llevaron a conocer el mar. Las olas parecían acercarse amenazadoras e Iván cerraba los ojos para sentirse más seguro.

—El mar me da mucho miedo, mamá —decía, y se quedaba caminando durante horas por la arena, mirando el agua desde lejos.

A medida que pasaron los años, Iván descubrió que también tenía temor a los ruidos fuertes, a nadar en el río y, sobre todo, mucho pero que mucho miedo a la misteriosa niebla que se formaba en el bosque que rodeaba su casa.

Todo comenzó una mañana, poco después de la salida del sol. Los árboles se movían para un lado y para el otro y de repente el aire se hizo más y más oscuro. Poco a poco, un manto de nubes descendió sobre la casa. Todo estaba en silencio salvo por un extraño ruido que parecía venir desde el centro mismo del bosque. Tomi ladraba en esa dirección, moviéndose inquieto y sin parar de mirar a su dueño.

—Hay algo malo allí —se repetía Iván en voz baja cuando sus padres no lo oían.

Luego se metía en la cama con la manta hasta la nariz y esperaba a que desapareciera la niebla.

Así pasaron primero los días, después los meses y finalmente los años.

Una tarde de agosto, cuando Iván cumplió los siete, llegó a su casa una visita inesperada. Era Harry, su tío, que había vuelto de uno de sus largos viajes por África y quería saludarlo por su cumpleaños. La madre de Iván preparó una fuente enorme con pollo asado, setas del bosque y, de postre, una magnífica tarta de fresas. Cuando terminaron de cenar, Iván y su tío se sentaron en el portal de la casa mientras caía la noche.

—¿Sabes tú cuál es el animal más valiente de toda África? —le preguntó su tío.

—Claro que lo sé —dijo el niño—. Es el león. El león es el animal más valiente de todo el mundo.

—Tienes toda la razón. El león es un animal muy valiente…, pero lo que nadie sabe es que, hace mucho tiempo, los leones tenían miedo de casi todas las cosas.

Iván, que no podía creer lo que estaba escuchando, le pidió a su tío que le contara más.

Así que Harry se rascó la cabeza, bebió un sorbo de café y dijo:

—Muy bien, presta mucha atención, porque te voy a contar la verdad sobre los leones. Una vez, en uno de mis viajes por África, llegué a una aldea desconocida una noche de luna llena. Allí encontré a un hechicero que pasaba todas las horas del día y de la noche investigando los secretos de la selva.

»Me contó que hace muchos muchos años, en un tiempo que ya nadie recuerda, los leones eran los animales que más miedo tenían en toda la jungla. Les asustaba la noche, los truenos e incluso los animales más pequeños. Hasta que ocurrió algo inesperado. Uno de los leones descubrió una canción mágica. Al parecer, se trataba de una canción muy pero que muy antigua y que tiene el poder de llenar de valor a todo aquel que la canta. Los leones comenzaron a utilizarla, ¡y resulta que funcionaba! Así fue como los leones, que siempre habían tenido mucho miedo, se convirtieron en los animales más valientes de toda la selva.

Mientras escuchaba a su tío, Iván miraba los árboles del bosque. En el cielo la luna estaba redonda y amarilla, como el ojo de una serpiente.

—¿Y te dijo el hechicero cómo es esa canción mágica? —preguntó finalmente.

—Sí. Me lo dijo. Pero me hizo prometer que solo se la cantaría a aquellos que realmente la necesitaran. ¿Quieres conocerla?

—¡Claro que quiero! —dijo Iván.

—Pues entonces presta mucha atención, porque no la repetiré. Es una canción mágica y como tal debes aprenderla de memoria para que funcione. Dice así:

«Bajo las luces de las estrellas

son tus temores los que se alejan.

Pronto serás fuerte y valiente,

cuando por fin a tus miedos te enfrentes».

Cuando su tío terminó la canción se quedaron los dos en silencio. A lo lejos se oía el cric cric de los grillos y, más lejos aún, el sonido del río que llevaba el agua hacia el mar.

—¡Pero vaya! ¡Mira la hora que es ya! —dijo Harry, y poniéndose el sombrero se preparó para marchar. Pero, antes de hacerlo, hizo una última advertencia al niño:

—Esta canción solo funciona si la cantas cuando te enfrentas a tus miedos, no lo olvides —y dándole una palmadita en la cabeza se marchó silbando por el camino, tal como había venido.

Al día siguiente Iván se despertó temprano, tomó rápido el desayuno y llamó a su perro, que vino junto a él moviendo la cola. Emprendieron el camino que llevaba al río y en pocos minutos ya estaban en la orilla. Iván se descalzó, se subió los pantalones hasta las rodillas y poco a poco fue metiéndose en el agua.

«Bajo las luces de las estrellas
son tus temores los que se alejan.
Pronto serás fuerte y valiente,
cuando por fin a tus miedos te enfrentes».

… cantaba mientras su perro lo miraba desde lo alto de una roca. Cuando el agua le llegó a la cintura, Iván creyó que era mejor dar media vuelta y así lo hizo. Esa tarde su madre lo notó especialmente contento, pero no pudo imaginar por qué.

Y así fue como Iván comenzó a vencer uno a uno sus miedos. Primero los más fáciles, y luego los más difíciles. A medida que superaba cada prueba, sentía que se hacía más y más fuerte. Hasta que un día se sintió con valor suficiente para enfrentarse a su miedo más grande: la misteriosa niebla del bosque. Tuvo que esperar todavía una semana hasta que esta apareciera. Cuando ocurrió, se calzó sus botas de andar por el campo y, junto con su perro, se adentró entre los árboles.

A los pocos metros la visión se hizo más difícil. No podía ver el final del camino y cada paso que daba apenas le permitía encontrar el siguiente. De repente, a lo lejos, comenzó a escucharse otra vez el ruido misterioso. Tomi, el perro de Iván, salió corriendo hacia él como hipnotizado y no hizo caso de los gritos de su dueño que lo llamaban:

—Tomi, vuelve, vuelve aquí —decía en voz alta Iván.

Tanto gritó que a los pocos minutos ya se había quedado sin voz. Perdido como estaba, no le quedó más remedio que seguir avanzando. El ruido misterioso se hacía cada vez más fuerte e Iván empezó a tener miedo, miedo de verdad. Quiso cantar la canción mágica, pero no le salía la voz. Aun así, apretó los puños, sacó fuerzas de su interior y decidió seguir adelante.

—Tengo que continuar, tengo que ser valiente por mí mismo —se repetía una y otra vez.

—¿Adónde vas, niño? —preguntaron los árboles, asombrados, a Iván.

—Voy hacia el centro del bosque, quiero descubrir el origen de ese ruido misterioso.

—Pero ¿no sabes que es peligroso? Nadie se ha adentrado nunca allí —respondieron los árboles, que también estaban atemorizados.

Iván no les hizo caso y siguió adelante.

Más adelante se encontró con un grupo de ardillas que corrían hacia él, escapando del ruido:

—¿Adónde vas, niño? —preguntaron las ardillas.

—Voy hacia el centro del bosque.

—Pero ¿no sabes que de allí proviene el ruido misterioso? ¡Por eso estamos huyendo nosotras!

Pero Iván no se asustó y, aunque le fallaba la voz y no podía cantar, siguió avanzando.

Después de un rato, la niebla comenzó a hacerse menos espesa. El paisaje volvió a aparecer e Iván encontró a su perro sentado frente a un árbol, mirando fijamente hacia una rama donde descansaba un búho. El ave temblaba de miedo y miraba hacia un lado y hacia otro haciendo ruidos extraños con la boca.

—Así que estos son los misteriosos sonidos que escuchaba entre la niebla —dijo Iván, y se acercó al animal—. ¿Por qué haces esos ruidos? ¿No sabes que asustan a la gente? —preguntó el niño.

El búho lo miro avergonzado y respondió.

—Soy yo el que tiene miedo. Puedo ver a través de la oscuridad, pero no a través de la niebla. Y siempre tengo miedo de aquello que no conozco.

Iván se quedó mirándolo un buen rato mientras el búho seguía temblando. Finalmente se decidió y le dijo:

—Voy a enseñarte una canción que puede ayudarte, pero solo lo hará cuando te enfrentes a tus miedos. Y, dicho esto, Iván le susurró en el oído la canción que su tío le había cantado tiempo atrás.

El búho comenzó a repetirla primero sin mucha confianza, y luego con más entusiasmo. Al poco rato, ya había dejado de temblar.

—Debo irme, mi madre estará preocupada —dijo Iván, y comenzó a adentrarse nuevamente en la niebla.

—¡Espera! Una última cosa antes de que te vayas: ¿hasta cuándo debo utilizar la canción? —preguntó el búho.

—Es sencillo. Yo mismo lo acabo de descubrir. Tienes que utilizarla hasta que ya no la necesites —dijo Iván mientras él y su perro se alejaban por el camino.

Esa noche, al volver a su casa, Iván dio un abrazo a su madre, se metió en la cama y soñó con las nuevas aventuras que aún le quedaban por vivir.

Y, por supuesto, con leones gigantes perdidos en las selvas del África.